三國風雲人物傳 ⑩

少年霸主孫權

宋詒瑞 著

新雅文化事業有限公司
www.sunya.com.hk

目錄

孫權的故事

本書內容參考並改編自史書《三國志》、小說《三國演義》及其他有關資料。

三國人物關係圖

曹操陣營

謀士

軍師

郭嘉 字奉孝

蔣幹 字子翼

司馬懿 字仲達

曹操 字孟德

武將

徐晃 字公明

張遼 字文遠

夏侯惇 字元讓

曹洪 字子廉

曹仁 字子孝

劉備陣營

五虎大將軍

關羽 字雲長

義兄弟

張飛 字翼德

義兄弟

皇叔

妻子

劉備 字玄德

趙雲 字子龍　馬超 字孟起　黃忠 字漢升

武將

義子

關平 字坦之

周倉 字元福

謀士

軍師

哥哥

諸葛亮 字孔明

孫權陣營

孫權 字仲謀

哥哥 孫策 字伯符

父親 孫堅 字文臺

妹妹 孫尚香

生母 吳夫人

← 家族

← 軍師

武將

 周瑜 字公瑾

 太史慈 字子義

 黃蓋 字公覆

 呂蒙 字子明

謀士

 張昭 字子布

 魯肅 字子敬

張紘 字子綱

 諸葛瑾 字子瑜

天子及諸侯們

漢獻帝

父親

漢靈帝

董卓 字仲穎

脅持 →

武將

義子 ← 呂布 字奉先

 華雄

袁術 字公路

弟弟 →

袁紹 字本初

武將

 顏良

 文醜

富春瓜農出英雄

本章講述孫權父親孫堅的故事，他的報國精神如何深深地影響孫權。

少年揚名

在東漢靈帝熹平年間的一天，吳郡富春的瓜農孫鍾在自家瓜田裏挑選好一擔青皮圓潤的甜瓜，準備去附近的市集出售。

「爹，聽說錢塘那裏的市場人丁興旺，商品的價格也比這裏高很多，我們索性坐船去錢塘賣吧！」孫鍾十七歲的兒子孫堅說。

「堅兒，我當然知道去錢塘可

以賣得好價錢，但是你要知道，這些日子近海的海盜被朝廷掃蕩後，便流竄過來作亂，錢塘那一帶很不太平呢！」孫鍾說。

「是呀，別因小失大，為了多賺幾個錢惹上麻煩，不值得！」孫堅的母親也在一旁規勸。

「唏！」年少氣盛的兒子一揮手中大刀，「我去動員大家前往錢塘，幾家瓜農一起上路，帶上幾把刀。幾個毛賊鬧事，我們富春人對付得了！」孫堅性情豁達開朗，平素喜交朋友，經他鼓動，果然有好幾家瓜農也願意去錢塘賣瓜，便搭伴同行。

　　瓜農的船漸漸駛向錢塘，大家都很興奮，遠望着岸上**熙來攘往**的人羣，盼望着能把手上的一擔擔甜瓜順利脫手，換幾個錢買些油米醬醋回家。

　　忽然，孫鍾變了臉色，遙指岸上顫聲說：「不好了，你們看！」

　　大家順着他指的方向望去，只見岸邊停泊着一艘商船，但有七八個頭纏黑巾、腰插大刀的彪形大漢在搬運船上的一箱箱貨物，另有一人手舞大刀指嚇着兩個商人模樣的人。那兩人跪地連連作揖，好像在哀求什麼……四周的人紛紛逃離這**是非之地**。

瓜農們**大驚失色**，**不約而同**驚叫道：「是海盜！遇上海盜了！」

江上幾個撐船的船夫不敢再往前行船，都停了下來，做手勢示意大家不要作聲。眾人**噤若寒蟬**，靜靜看着事態發展。

孫堅觀察了一會兒，悄聲對父親說：「這幾個毛賊我對付得了，讓我去吧！」

孫鍾正色道：「別胡說！這種事哪裏是你能做的，你想也別想！」

「我有辦法！」孫堅説了一句，就不理會父親的阻攔，手持佩刀，下了船向岸邊走去，好在水位不深，只

浸到腿部。他並不正面與海盜交鋒，而是施展了小聰明，一邊走，一邊抬起手向東、西方揮舞，還舉起佩刀大聲叫道：「兄弟們，往這裏包抄！」好像在指揮水面上的部隊。盜賊們見到這情景嚇了一跳，以為有大批官兵獲報包圍過來了，為首的一聲呼嘯，他們就扔下貨物逃之夭夭。孫堅還不放手，揮刀緊追上去，果然被他追上一個，揮刀砍去。

原來這夥海盜正是近來作惡多端而被通緝的大盜胡玉及其手下，被孫堅追殺砍掉的是一名嘍囉，胡玉逃跑了。孫堅由此聲名大振，官府敲鑼打

鼓送來了嘉獎令，闔家闔族慶賀。

族長誇獎孫堅道：「十七歲就不畏強暴，單刀殺賊，真是我們孫氏一族的驕傲，不愧為孫武後代！」

孫鍾接口說：「我們的祖先孫武、孫臏所寫的兵書*都是軍事著作經典，堅兒常常**手不釋卷**在讀啊！」

少年孫堅雖然為了生計，整日幫父親在瓜田忙碌，但是他的志向不在種瓜，而是想練好本領，日後報效國家。所以他研讀兵書，**舞刀弄槍**，練就了一身本領和超人的膽略，江邊捉賊這一幕充分展現了他的實力。

*據說春秋時期的孫武著有《孫子兵法》，而戰國時期的孫臏則著有《孫臏兵法》。

戰功彪炳

孫堅生於永壽元年（公元155年），雖然他在殺退海盜那時只有十七歲，但是他的勇猛機智引起了官府的重視，沒過幾天，一封任命文件送到孫府——郡府徵召孫堅為郡司馬，是臨時代理武官呢！

孫堅驚喜交加，問孫鍾：「父親，您覺得我可以勝任嗎？」

孫鍾對兒子充滿信心：「自古少年出英雄，你有**單槍匹馬**追殺海盜的勇氣和智慧，現在朝廷需要你為國出力，豈有退縮之理？」

按照孫堅的性格，他是不會退縮

的，被父親一激勵，更是意氣昂揚，**走馬上任**。

同年，熹平元年（公元172年），會稽郡爆發了許昌、許韶父子的叛亂事件，他們聚眾萬人，自稱陽明皇帝，煽動附近幾個縣作亂。

孫堅對父親說：「孩兒報效朝廷的機會來了！」他募集了一千多名精勇人士，配合揚州刺史臧旻的州郡兵，奔赴叛亂中心句章。孫堅**身先士卒**，英勇殺敵，被稱為勇猛的**江東虎**。他們成功平定了這次叛亂，臧旻為孫堅報功，朝廷任命孫堅為鹽瀆縣的縣丞。

縣丞是正式的官職，從此孫堅辭別父母，離開家鄉，走上了官宦的道路。十幾年內他接連擔任了吳郡的鹽瀆、盱眙、下邳三縣的縣丞，從沿海地區走到內陸，逐漸接近繁華的中原。孫堅主管文書、倉庫、刑事，他**平易近人**，辦事公正，**政通人和**，在官吏和百姓中威信很高。

孫鍾見兒子如此有出息，引以為傲，老家的年輕人也都慕名前來投靠孫堅，形成了日後孫堅南征北戰的班底。

孫堅雖然做着文職的工作，卻一心嚮往着能馳騁戰場，一展軍功，這

樣的機會果然來到了。

光和七年（公元184年）二月，太平道張角在八州全面發動武裝暴動，稱為黃巾軍，**熱血沸騰**的孫堅坐不住了，他在下邳和淮泗一帶召集了鄉間青壯年和士兵，集合了一支千餘人的隊伍投奔中郎將朱儁，一起參與平定潁川黃巾的戰鬥。

孫堅在戰場上不愧為江東悍將，他**奮勇當前**，屢建戰功，尤其是在宛城之戰的後期戰役中表現傑出。

宛城之戰是朝廷軍與黃巾軍之間的大規模戰役之一，從公元184年四月一直打到第二年一月。戰事的起因是

黃巾首領之一張曼城集結了四萬人攻佔了宛城，殺害太守許貢。等孫堅與朱儁軍趕到，雙方拉鋸式來回交戰，朝廷軍兩次失城又兩次收復，雙方都打得艱苦慘烈。最後一役打到最激烈時，孫堅再也忍不下去了，大吼一聲：「熱血男兒跟我來！」就帶了幾個精兵冒着從城牆上如雨而下的弓箭和大石，率先登上宛城城頭，砍殺了守城門將，朝廷軍隨即一湧入城，攻破城池。朱儁上報朝廷，封孫堅為別部司馬。

不久，孫堅又被徵召跟隨主帥張溫，前往西北討伐西羌叛亂，同行的

還有破虜將軍董卓，但是董卓懶庸無能，一再延誤先機，造成戰事初期的不利。**心快口直**的孫堅曾經向張溫歷數董卓的**三大罪狀**——對主帥傲慢無禮、伐賊不力、接召後遲遲不到，向張溫建議道：「董將軍如此破壞軍紀，**是可忍孰不可忍**？必須用軍法懲辦他！」但是張溫為了**顧全大局**，沒有採取他的建議。多年後，董卓成了亂國大賊，反而殺了張溫，孫堅不禁歎息道：「張公當年若是聽我之言，朝廷怎會有今天這樣的災難啊！」

西北戰事後，孫堅被封為長沙太守。中平四年（公元187年），荊

州南部有叛軍集結一萬多人霸佔了長沙、零陵、桂陽三郡作亂，孫堅奉命帶軍，在不到一個月內便逐一平定。當時宜春縣令曾派使者求孫堅援助他對付流賊的攻擊，孫堅**整裝待發**，主簿勸他不要越界發兵，怕會惹上麻煩。孫堅答道：「我一生以征討叛賊保衞朝廷為功，越界發兵也是為了保護臨近郡州，假如因此獲罪，我**問心無愧**！」孫堅一出手，賊兵就潰敗逃散。

孫堅帶領孫家軍轉戰南北，**無往不勝**，在他三十三歲那年被朝廷封為烏程侯。烏程距離孫堅老家富春不遠，

消息傳到孫家，家族上下知道了他不僅已躋身太守級官員行列，而且還得到了爵位，莫不**喜逐顏開**，慶幸江東子弟**光宗耀祖**，孫武兵家**後繼有人**。

偶得玉璽

公元190年，董卓竊取朝政大權。次年，以袁紹、曹操為首的十八路諸侯組成關東盟軍聲討董卓。孫堅認定了屯兵南陽、出身「四世三公」的袁術（袁紹之弟）是可投靠的強大軍力，而**野心勃勃**的袁術也需要一支部隊為他衝鋒陷陣，於是雙方**一拍即合**。孫堅帶兵北上會盟，一路上為

了袁術而逼死了荊州刺史王叡，又殺了不支援抗董的南陽太守張咨，袁術高興得立即上表孫堅為破虜將軍，並領了豫州刺史。但是事實上袁紹袁術兄弟已經決裂，袁紹也派了人去擔任豫州刺史，還指使人襲擊孫堅屯兵地陽城，以致孫堅歎道：「我們都是為了挽救國難而起兵，但是目前大家矛頭不指向董賊，反而是自家人打了起來，我還能為誰效力呢？」

關東盟軍集合在酸棗，諸侯都懼怕彪悍的董卓西涼軍，不敢出戰，只有孫堅**挺身而出**。雖然，他在汜水關一戰**出師不利**，敗於董卓的大將徐榮，

董卓

但是孫堅**不屈不撓**，迅速收拾殘部重
新向董卓所在的洛陽發動攻擊。孫堅的
力量逐漸強大，使到袁術不安，有人也
對他說，若是孫堅攻下洛陽就不好控制
了，等於除掉了一隻狼，卻養肥了一頭

虎。於是，袁術故意拖延向孫家軍供應軍糧和軍需品，急得孫堅騎馬連夜飛奔六七十里，到總部南陽向袁術抗議說：「我本與董卓無冤無仇，只是看不下他的**橫行霸道、禍國殃民**，所以捨身上戰場為國為民除害，你怎麼能聽信小人之言而懷疑我呢？」說得袁術**無言以對**，只得恢復軍糧供應，這樣孫堅才能繼續作戰。

孫堅作戰機智勇敢，**臨危不懼**。有一次，他在陽城外為糧官大擺酒席餞行，忽然有一批董卓騎兵和步兵出現，孫堅接報後**不動聲色**，繼續喝酒，下令部隊集合，但不准妄自行

動。等到部隊集合完畢，孫堅才放下酒杯，起身帶領部隊穩步進城。董卓士兵見孫家軍排列整齊、軍容威武，便不敢貿然攻城，自行退去。事後孫堅向部下解釋說：「我當時不立即起身，是擔心你們驚慌失措，爭相進城而互相踐踏，造成混亂，敵軍就容易趁亂攻入，你們就誰也進不來了。」

初平二年（公元191年）二月，孫堅屯兵在陽人一地，董卓派義子呂布率領五千名步騎兵攻擊孫堅。孫堅早已作好守城準備，加固了防禦工事，發現董軍攻城就出城追擊，董軍大敗，損失了多名大將。董卓見孫堅

軍力不可低估，對自己的威脅越來越大，就想用懷柔手段拉攏他。

董卓派愛將李傕去見孫堅，說董丞相仰慕孫將軍，想把女兒許配給他的兒子。孫堅有四個兒子，分別是**孫策**、**孫權**、**孫翊**以及**孫匡**。孫堅長得容貌不凡，長子孫策被人形容是「美姿顏」，次子孫權更是「形貌奇偉」，父子三人都是富有**陽剛之氣**的美男子。李傕還拿出一張白紙對孫堅說，他可以把孫家子弟的名字寫在上面，不論想擔任刺史、郡守……儘管隨便填，朝廷一概任命。

孫堅感到自己的一腔護國熱情被侮

孫匡

孫翊

孫策

孫權

辱了，氣得一把搶過白紙撕得粉碎扔在李催臉上說：「董卓是大叛賊，**倒行逆施**；我起兵伐賊，護衞朝廷，道不同，怎能與他結親？等着吧，我要追殺到底！不消滅叛賊我**死不瞑目**！」

於是孫堅繼續進軍到大谷關，逼近洛陽，董卓親自帶軍出戰，被孫堅打敗。討伐董卓的各路戰線上唯有孫堅這裏才打了勝仗，董卓對身邊的人歎道：「關東諸侯個個都怕我，被我打敗，唯有孫堅這小子有些本事，應該警告將領們要小心對付他！」

懾於孫堅的逼人攻勢，董卓只好放棄洛陽，強把天子遷往長安。臨行

前，他下令士兵在洛陽各區放火焚燒宗廟宮殿和民居，挖掘列代帝王墳墓竊取珍寶，殺富戶奪家產，並把百姓也趕去長安。孫堅攻入洛陽，見到京城被破壞得**滿目瘡痍**，不禁潸然淚下。他下令打掃宗廟，重修陵墓。

孫堅的士兵在打掃城南甄官時，在井裏撈起一個朱紅小匣，裏面有一塊方圓四寸的石頭，上面刻有八個字：「受命於天，既壽永昌」。石上還雕有五龍紋飾，缺了的一角用黃金補鑲，一看就知道這是皇帝的傳國玉璽，可能是朝廷出逃時被太監胡亂扔到井裏。

然而，這枚玉璽卻帶來了彌天大

禍。有人向袁術告密此事，袁術便盤問孫堅，但孫堅拒不承認，兩人**劍拔弩張**鬧得很僵，孫堅一怒之下離開了洛陽。袁術發信給劉表，要他在孫堅路經荊州時奪取玉璽。劉表領兵出陣與孫堅交戰，孫堅逃回江東，自此與劉表結下仇恨，而袁術也對劉表沒奪取到玉璽感到極度不滿。

紅巾招禍

此時，討伐董卓的關東盟軍已經**分崩離析**，諸侯們**各懷鬼胎**，自謀發展，袁紹袁術兄弟倆也已決裂，袁術派孫堅去攻打與袁紹結盟的荊州

劉表。孫堅令部將黃蓋安排戰船和糧草，直向樊城奔來。

劉表接報後派遣大將黃祖帶領弓弩手埋伏在江邊，見東吳船隊駛來，便一齊射箭攻擊。孫堅士兵拿出弓箭準備還擊，但是孫堅下令不必還擊，還讓大家進入船艙中不准露面。同時他命令船夫駕駛船隻在江中來回走了幾圈收箭。一連三日，得到了十幾萬枝箭，此時才下令向岸上射箭進攻，黃祖軍已經無箭可射，只得退去。

孫堅帶軍上岸，分三路直搗黃祖營帳，打得黃祖放棄樊城，扔下頭盔和戰馬逃跑。孫堅乘勝又去攻打

襄陽，這次黃祖採用了謀士蒯良的計策：兩路人馬各有一百人，分別攜帶石頭及弓箭，突圍出城把孫家軍引向峴山，埋伏在山上林中。孫堅接到報告，說看到一隊人馬衝出城門向山上奔去，他立即帶領三十騎兵追上去。

孫堅一馬當先走在最前面，追上敵方將士呂公，交戰數回合後呂公故意棄戰閃進山路。孫堅**不虞有詐**，帶領幾個隨從追上前，誰知山路兩旁大石和弓箭齊下，石塊滾滾，箭簇如雨，孫堅被箭射中又被石塊打得**頭破血流**，

當場**奄奄一息**。

孫堅打仗時習慣戴着一方紅頭巾，被他視作幸運巾。黃祖的士兵不認識孫堅，但是知道要射殺戴着紅頭巾的人，這次耀眼的紅頭巾成了孫堅的催命符，三十七歲的猛將就此殞命戰場。

黃祖從城中殺出，黃蓋帶領水軍趕來，活捉了黃祖，但是孫堅的遺體被敵軍抬走。後來兩軍交涉，孫家軍釋放黃祖換回了孫堅的遺體，安葬在曲阿縣，餘部由孫堅的姪子孫賁帶領，回到袁術營部。

另外，孫堅死後，袁術逮捕了孫

堅的妻子，奪得了傳國玉璽。

　　孫堅死時，他的長子孫策和二子孫權還只是少年，但是他們深知父親是被劉表的部下黃祖殺死的，深感悲痛的同時心中充滿復仇的激情，暗下決心一定要為父報仇雪恨。

白手起家孫伯符

本章講述孫權兄長孫策的故事，這位江東小霸王勇猛無雙，孫權跟着他征戰，學到不少本領。

結識好友

故事回到孫堅生前投靠袁術在外奔波作戰時，他把家眷都安頓在袁術的大本營壽春。孫堅的妻子吳夫人出身名門，卓有見識，辦事果斷。長子孫策，字伯符，長得英俊威武，也常跟隨父親出戰。孫策性格開朗，善交朋友，在當地與很多名人為友，名聲遠播。次子孫權，字仲謀，即使年紀

幼小，也**耳聞目染**父兄的報國精神和輝煌戰績，深受熏陶，也滿懷愛國熱情。

有天，孫策在家中接到僕役來報，說是廬江郡舒縣的世家子弟周瑜很仰慕他的名氣，徵得父親的同意後，正動身來壽春拜訪他。孫策是個好客的人，得到這個消息哪能怠慢？早早就準備迎接客人。

孫策估計該是周公子一行來到的日子，一大早就整裝靜坐，等待迎接貴客。忽然，聽得窗外街上**人聲鼎沸**，知道車隊到達，孫策便走出大門，只見從一輛大馬車上走下來一位

風度翩翩的少年，笑容滿面向孫策作揖問安，孫策忙上前迎接回禮。孫策打量了周瑜一番，不由得對他心生敬仰，他就像一塊溫潤雅致的璞玉，文質彬彬，典雅有禮；而在周瑜眼中，孫策則是一顆熠熠發光的鑽石，光彩奪目，**神采飛揚**。兩人緊握着對方的手，久久未曾鬆開。孫策請周瑜到廳堂坐下，奉上清茶，談天論地。孫策發現，他們二人竟然志趣相同，越談越高興，立即稱兄道弟，結為**總角之交**。當年他們都是十五歲，孫策比周瑜大一個月，是為義兄。

　　孫策帶周瑜去見母親，吳夫人看

到周瑜，心中很是喜歡，見到兒子結交了一位如此**稱心合意**的朋友，自然為他感到高興。

周瑜在孫家住了下來，孫策與他**形影不離**，一起讀書切磋學問，一起舞刀弄槍練武，一起暢談天下形勢。他們都為國

勢衰弱、羣雄爭強的紛亂局勢感到憂慮，憧憬着日後有機會為國出力，**平亂扶正**。

孫策是個孝子，對母親噓寒問暖，關懷備至。一日，他對周瑜說：「壽春是袁術總部，經常有士兵操練、兵車來往，戰火味濃厚，我母親很不喜歡這個地方。」周瑜就對孫策說：「我們舒縣是江南魚米之鄉，風景也美，是合適居住的好地方。你們何不搬遷過去，試試在我老家生活呢？」

孫策覺得這是一個好主意，吳夫人一聽也同意，於是她就帶着全家跟周瑜搬到舒縣居住，而周瑜送了一座

大屋給孫策一家安身。

　　可是，父親孫堅的喪命給孫家很大打擊，噩耗傳來，全家**如雷轟頂**。孫策伏在周瑜肩頭大哭，九歲的次子孫權只覺得**天旋地轉**，彷彿眼前的世界崩潰了。孫策發誓道：「一定要追殺黃祖，報此殺父之仇！」周瑜表示定會陪伴他完成心願。

　　孫策只好與**情如手足**的周瑜暫時分別，他安葬了父親後，全家便在長江邊的江都居住。孫策想起交遊很廣的周瑜曾經向他提起兩位能人，認為他要成就大業，應該去找他們協助。兩位能人都是比孫策年長二十歲的江

東徐州名士，一位是彭城的張昭，一位是廣陵的張紘，統稱「二張」。

張紘曾跟隨多名學者學習，**博學多才**，但他拒絕朝廷的舉薦，退避江東。孫策移居江都時，聽說張紘在江都為母親服喪，於是多次前去拜訪他，要

張昭

張紘

向他請教。但是張紘一直說自己見識淺陋，而且重孝在身，要孫策**另請高明**。孫策動情地敍述了自己的志向：「現在天下大亂，漢室衰弱，諸侯紛爭，我父親與袁術一起伐董，但事未成功卻被黃祖所害。我有志繼承先父遺志，向袁術討還舊部，投靠丹陽太守舅舅吳景，聚合兵馬，為父報仇雪恨，維護朝廷。這是我的計劃，特來向您請教。您**聞名遐邇**，是我仰慕的人，希望能指引我，幫助我達成心願，決不忘卻您的高功恩德！」

孫策說得很激動，甚至留下淚來。張紘見他**真摯誠懇**，的確懷有

一股愛國激情，深受感動，就說出了三個想法：**第一**，召集兵馬，可以舉兵；**第二**，佔據荊、揚二州，奪得長江天險；**第三**，誅滅奸賊，匡扶漢室。這就是有名的「江都對」。以前孫堅的戰略是不滿足於封侯在江東，想在中原稱雄；但是張紘向孫策明確指出，他應該離開紛亂的中原，去南方發展，在荊揚一帶建立地盤，發展自己的霸業。

一席話使孫策**茅塞頓開**，他就著手實行這個計劃，並把母親及幼小的弟弟們交給張紘照顧，自己就沒有了**後顧之憂**。

　　周瑜推薦的另一位能人張昭，是深受當地人敬重的學者，**學富五車**，還懂得**天經地緯**，運籌帷幄，只是他不願出仕，退避到江東。孫策親自登門拜訪請他出山，但是大儒出身的張昭有點瞧不起年輕的寒門弟子孫策，認為他成不了大事就婉拒了。孫策不甘心，第二次又畢恭畢敬地去邀請，動情地敍述了自己要鋤奸衞國並為父報仇的志向，張昭被他**禮賢下士**的真誠打動，終於應承了。

　　孫策拜張昭為長史及中郎將，孫軍所有內部事務都由張昭經手處理，是孫家事業的大管家；而張紘是參謀

校尉，協助孫策商定作戰策略。這江東「二張」一文一武、一內一外，成了孫策得力的左右手。

歷陽起兵

興平二年（公元195年），為父親守喪三年的孫策要**大展宏圖**了。

這三年裏，孫策做了很多準備工作，首先他**招賢納士**，尋找能人相助。因為孫策為人瀟灑，性格豁達，所以人緣很好，四方豪傑都來投奔他，為他出謀劃策，壯大了他的實力。

但是孫策沒有兵力，於是他隻身去壽春見袁術，流着淚說：「先父

昔日從長沙起兵，與您袁公會合討伐董賊，可惜未建功業不幸被害。請袁公明察我的誠心，把父親的舊部撥給我，我要為父親報仇雪恨。」袁術根本看不起這個才二十歲的年輕人，沒有答應他的要求，只是允許他去丹陽吳景那裏招兵。丹陽以出精兵聞名，所以孫策就去了丹陽，在太守舅舅吳景和都尉堂兄孫賁的協助下，招得了幾百人。可是**好事多磨**，他剛組成的小小隊伍卻遭到了一支地方武裝的襲擊，人馬**喪失殆盡**。

孫策只好再去求袁術，袁術料想這小子成不了什麼大事，就把孫堅的

千人舊部交給孫策統領，而且上表他為懷義校尉。孫策還取回了父親的舊部下程普、黃蓋等勇猛的老將，並得到了宗親兄弟的支持。有了自己的武裝力量後，他精心訓練、嚴格管理，竟在短時間內把這支部隊訓練成一股強而有力的軍力，出色完成了袁術交給他的幾次出擊任務，平定了兩個郡的叛亂，被稱為「**小霸王**」，樂得袁術稱讚他：「如果我能有孫策這樣的兒子，死也無憾了！」

但是袁術對孫策還是不信任、不放心，雖然曾答應讓孫策擔任九江太守、廬江太守，卻兩次食言，把官職

給了別人。孫策對袁術的**言而無信**感到非常失望，覺得自己在袁術手下得不到獨立發展的機會，老將程普也一直勸他早早脫離袁術**自立門戶**。

幸好，機會來了。朝廷為了制衡袁術，任命劉繇出任揚州刺史，但是揚州地區已在袁術的控制下，劉繇只得駐紮在曲阿縣，然後開始削除袁術在長江南岸的勢力，首先就是把丹陽的吳景、孫賁趕到江東歷陽。袁術不服氣，另任命了揚州刺史，並命令吳景攻擊劉繇，雙方相持不下，形成僵局。孫策就對袁術說：「我們孫家在江東有號召力，我可以再為你招募到

三萬人馬，協助吳景消滅劉繇。」

那時袁術正在與曹操、劉備爭奪徐州，無暇顧及劉繇這邊，就同意了孫策出兵。孫策帶領了一千多名士兵和一些戰馬，從壽春出發南下，沿途招募，抵達歷陽時，好友周瑜也已經應約來到，帶來五百名士兵，還有戰船、武器和軍糧，如此已經有五六千人馬了。孫策見到周瑜遵守諾言前來支援，高興得緊緊握着他的手説：「你來了，事情就好辦了！」

平定江東

揚州有六個郡，廬江和九江在

長江以北，受袁術控制；孫策的目標是江東的丹陽、吳郡、會稽、豫章四郡，是劉繇的勢力範圍。這時諸侯們都在中原混戰，長江以南是一個空虛地帶，孫策這個正確的戰略選擇是他事業迅速發展的關鍵。

孫策準備渡江，張紘隨軍出征，時時提點孫策。孫策勇猛善戰，每次打仗總想身先士卒，張紘提醒他說：「將軍要統領三軍籌劃全局，不可親身與敵人相鬥，免得江東百姓為您的安危擔驚受怕啊！」常與孫策並肩作戰的周瑜同意張紘，要孫策愛惜自己，所以戰事中往往代替他衝鋒在前。

　　孫策出師順利，渡江後首先與劉繇交手，攻下牛渚，繳獲了倉庫中的大量武器和軍糧，增強了軍力。交戰過程中，孫策更以胳膊夾死一將、怒喝嚇死一將，盡顯威武。

　　不過，圍攻秣陵時，孫策受到守軍笮融頑強抵抗，腿部還中了冷箭，從馬上跌下來，部下急忙把他救起，抬回營裏治傷。為了引誘閉上城門、堅決不出戰的笮融，孫策放出謠言說他已經戰死。

　　笮融**信以為真**，派出士兵出擊，孫策要士兵假裝潰敗，把敵軍引入包圍圈，斬殺了一千多人。孫策乘勝進攻，命令手下高聲喊道：「孫策在此！」笮融知道孫策健在，就加固了營壘防備。孫策見這裏地勢險要，難以攻破，就迂迴作戰，轉向北面，攻破兩城，擊潰了劉繇周圍的屯兵，把

他堵在曲阿縣。

有一天，孫策只帶着老將黃蓋和十幾名士兵去曲阿縣的戰場查探敵軍營寨，在神亭一地意外地遇到了劉繇的偵察小組，那是神射手太史慈和另一名騎兵。

勇猛的太史慈面對孫策等十幾人居然毫不畏縮，拍馬就上前要和孫策單獨打鬥。兩人在馬上交戰百多回合，然後孫策一槍刺中了太史慈的座騎，但是被太史慈夾住了他的槍，兩人用力一拖，就都滾下馬來，在地上扭着廝打，戰袍都被撕爛。孫策手快，奪走了掛在太史慈背上的手戟，

　而太史慈則搶到了孫策的頭盔。孫策
用手戟來刺太史慈，太史慈就用孫策
的頭盔來抵擋。兩人正打得**難解難
分**，雙方的援軍趕到，衝殺了一陣，
才各自撤退。

　　劉繇在當地的統治時間不長，
內部又有紛爭，支持不到兩年就垮掉

了，再也沒能力抵抗孫策，孫策佔領了曲阿縣。後來，孫策進攻涇縣，生擒了太史慈，他被捆綁押到孫策面前。孫策親自為他鬆綁，笑問道：「還記得我倆神亭一戰嗎？如果當時你捉到了我，將會如何處置？」太史慈**不卑不亢**回答：「那可就難說了。」孫策大笑說：「今後和我一起去闖天下吧！」太史慈在劉繇那裏一向沒被重用，他很欽佩孫策，就留了下來，他還召集了一千多名舊部前來歸順孫策，孫策拜他為折衝中郎將。

消滅了劉繇後，孫策**勢如破竹**，相繼攻克了吳郡、會稽、豫章、丹

陽，數年內基本上統一了江東。

孫策下令整頓軍紀，嚴禁士兵搶劫或取用百姓的雞犬蔬菜；鼓勵青壯年從軍，不願參軍的可獲發路費回家；參軍者免交家中所有差役賦稅。在他的恩威並施之下，孫家軍急速發展到兩萬多人，漢獻帝授孫策為討逆將軍，封為吳侯，一時名震江東。

孫策渡江作戰時，比他小七歲的二弟孫權經常跟隨着他。孫權長得**儀表堂堂**，碧眼紫鬚，被稱為「碧眼兒」。他與孫策一起商量作戰策略和方案時，常常能提出**匠心獨到**的計劃和策略，使孫策感到很驚訝，認為自

己不如弟弟。所以每次宴請有功的部
將時，孫策都叫孫權出席，對他說：
「這些人以後都會是你的部下。」

　　建安元年（公元196年），孫策讓
吳郡太守朱治舉薦十四歲的孫權為孝
廉，使他獲得一個較高的起點。次年
孫策平定江東諸郡後，委任孫權為陽

羨縣長。他有心栽培孫權，讓他將來
成為孫家霸業的接班人。

慘遭毒手

　　說回公元196年，當孫策聽到袁
術想要登基稱帝，非常憤怒，就寫信
斥責袁術**僭越本分**，宣布和袁術斷絕
一切關係。第二年袁術正式稱帝，朝
廷任命孫策為騎都尉，後升為明漢將
軍，承襲孫堅烏程侯爵位，兼領會稽
太守，下旨命令他討伐叛賊袁術。

　　孫策帶軍北上，趕走了袁術任命
的丹陽太守袁胤。那時，孫策的舅舅
廣陵太守吳景和堂兄九江太守孫賁也

脫離了袁術，跟隨孫策征討袁術，從他手中奪得廣陵、江東大片土地，重重打擊了袁術的實力。

公元199年，袁術病死。他的部下要投奔孫策，但被廬江太守劉勳截獲。孫策渡江襲擊皖城，趕走了劉勳，繳獲了袁術的家眷和財產，從此，袁術的三萬多部下就歸屬孫策了。另外，他還娶得花容月貌的女子大喬。這樣，孫策的疆域就開拓到了長江北岸，勢力大為增強。

第二年一月，孫策出兵西征江夏，帶領孫權、周瑜和老將程普、黃蓋、韓當，與殺父仇人黃祖在沙羨大

戰一場，戰況激烈，**驚心動魄**。黃祖幾乎全軍覆沒，棄軍逃跑，近萬士兵溺死。孫策繳獲了六千艘戰船，聲威大振。曹操收到戰報後歎道：「很難與這個獅子般的孩子爭鋒啊！」於是他就對孫策採用安撫手段──把弟弟曹仁的女兒許配給孫策最小的弟弟孫匡，又讓兒子曹章娶了孫賁的女兒，兩家結了親。

孫策平定吳郡後，吳郡太守許貢投奔山賊首領嚴白虎。不久嚴白虎也被孫策打敗，許貢想趕走孫策，奪回吳郡，便寫信給曹操，說孫策驍勇，朝廷應把他召進京城，不可讓他在地

方發展勢力，日後會是朝廷的後患。

假如這個上表成功，曹操可以召孫策進京，如此對孫策很不利，江東又將陷入分裂，孫策將失去一切，而許貢卻會重獲官職。許貢派出的赴京使者在渡江時被孫家軍士兵截獲，送交孫策。孫策讀了書信後大怒，心想這個許貢竟出此**陰謀詭計**，要令他喪失辛苦打下的江山。他假意說要和許貢商議事情把他找來責問此事，許貢否認，孫策便拿出他的信，怒火中燒道：「你居心何在？要把我**置於死地**嗎？」一怒之下處死了他。

孫策曾經向曹操要求要把官職升

為大司馬，是朝廷最高的軍事長官，曹操沒有答應；現在又知道曹操一向與許貢有聯絡，他便**懷恨在心**，想去襲擊許都，但是還沒來得及出兵，就出了大事。

許貢的三個門客對舊主感情很深，決心要為許貢報仇，一直在尋找合適的機會。

有一次，孫策帶領一些人在丹徒的西山打獵，趕殺一頭大鹿。孫策的馬跑得快，他揮鞭策馬獨自追逐大鹿上了山。在樹林中見有三個持槍帶弓箭的陌生人，孫策覺得可疑，就問：「你們是哪位將軍的部下？」三人答

道：「韓當將軍的部下。」孫策搖搖頭說：「韓當的部下我都認識，沒有你們啊！」三人見身分暴露，就動手襲擊，一人持槍向孫策刺來，孫策一閃身，拔出佩劍砍去，但是劍刃忽然掉了下來，只剩劍柄在手。

　　這時另一人舉弓搭箭射來，射中
了孫策的面頰。孫策立刻拔出臉上的
箭，搭在弓上回射過去，射倒一人。
另兩人舉槍齊向孫策亂刺，邊喊道：
「我們是許貢門客，今天來為主人報
仇！」孫策沒有別的武器，只能用弓
抵擋。

　　正在危急之時，程普帶着人馬趕
到，孫策大叫：「殺賊！」眾人一擁
而上，把三個門客砍殺。血流滿臉的
孫策被抬回治傷，大夫檢查後說箭頭
有毒，毒液已入骨，**命在旦夕**。

　　孫策知道自己命不久矣，臨終
前，把張昭和幾個弟弟召到牀前囑咐

説：「天下還很亂，我們江東依靠民眾，憑藉長江天險，是**大有可為**的。」他把孫權託付給張昭說：「若是二弟不能擔當大任，希望你好好協助他。」他把印綬交給孫權說：「兩軍決戰爭天下，你不如我；但是舉用賢能以保江東，我不如你。希望你記得父兄創業之艱難，**好自為之**。」孫權大哭，收下印綬。

孫策對母親吳夫人說：「兒子不能再侍奉母親了，望母親多多訓導二弟，也不要怠慢了江東舊人啊！」但是吳夫人擔心孫權太年輕，挑不起

如此重擔。

孫策肯定地說：「弟弟的才能比我強十倍，足以擔當，娘親不用憂心。如果內部事務解決不了，可問張昭；外部事務不能解決，可問周瑜。可惜周瑜現在不在這裏，不能當面告訴他了。」他又囑咐其他幾個弟弟要輔助孫權，不可違背**手足之情**。

安排好一切後，江東小霸王孫策**溘然長逝**，享年二十六歲。

張昭立即上表朝廷，給各郡縣發布公文，命令江東域內的內外將領、文武官吏恪守其職，不得懈怠。

第三章
弱冠少年挑重擔

幸得輔助

　　孫權是孫堅的次子，公元182年出生於徐州的下邳郡，比哥哥孫策小七歲，他曾經隨父親先後到過曲阿、江都、阜陵等地。孫權長得高大挺拔，方臉大口，碧綠色的眼珠清澈澄亮，炯炯有神，人稱有富貴之相。孫權少年時，一直在家讀書，在名門出身的母親身邊讀遍四書、《禮記》、《左傳》、《國語》等經典和史書，還練習行書和草書，擅長馬術和箭術。

73

十五歲後他就時常跟隨孫策四出征戰，展露出自己的聰明才智，而孫策對這個弟弟也是用心栽培的。

孫策突然**撒手人寰**，對十八歲的孫權做成很大打擊。因為他習慣了跟隨哥哥，幫哥哥做事，覺得自己不是能獨挑大任的人物；而且自己年紀尚小，怎能去領導指揮那些資歷悠久、經驗豐富、德高望重的前輩啊！他越想越害怕，越想越痛惜哥哥的離去，連日痛哭，臥牀不起。

張昭前來勸說道：「你是繼承人，要繼承父兄艱辛打下的基業，**發揚光大**，建立更大功業，怎能如常人

一般沉溺於個人感情，不能抑制心中
傷痛，耽誤正事呢？」他親自扶起孫
權，為他換衣，攙扶他騎上馬去巡視
軍營，穩定人心。

　　守衞巴丘的周瑜趕回來奔喪，哭
拜在孫策靈前。吳夫人轉告了孫策臨

終囑咐，孫權也說：「希望周公不忘我哥哥的重託。」周瑜表示願以**肝腦塗地**來效勞。

周瑜的歸來猶如給孫權打了強心針，慌亂不安的心情瞬間**一掃而空**，他對周瑜說：「您一回來，我就不擔心了。哥哥說內事問張公，外事全靠您了。我用什麼辦法能守住父兄的基業呢？」

周瑜回答道：「其實我的能力有限，恐怕難以接受這重託，但可推薦一位高人來輔助江東事業。」他推薦的是現居曲阿的臨淮人魯肅。魯肅家境富裕，**樂善好施**，曾以一整座糧倉

幫助周瑜起兵，加上他胸懷韜略，**滿腹經綸**，又擅長騎射擊劍，是難得的人才。

孫權很尊敬魯肅，常常與他長談，向他討教。

一天，孫權與魯肅對飲時，問魯肅：「目前漢室已搖搖欲墜，四方諸侯紛爭，您看我應該怎麼做啊？」

魯肅說：「依我看，漢室已不能復興，一時也除不掉曹操，仲謀你唯有立足江東為好。現在北方紛亂，可乘機消滅黃祖、進攻劉表，據守長江天險以觀察天下的變化，然後稱王建號爭奪天下。」由於魯肅這番治國對策

在牀榻上進行，被稱為「榻上策」。

孫權聽了**豁然開朗**，自此改變了之前孫策想進攻曹操的策略，專注在江南發展。孫權很倚重魯肅，把他留在身邊出謀劃策。魯肅便帶了母親和家人捨棄了家財來江東發展，孫權賞賜給他們很多衣物用品，使他們的生活不致比過去差，可說**關懷備至**。

魯肅又介紹琅邪郡陽都縣人諸葛瑾來見孫權，諸葛瑾**博學多才**，孫權拜為上賓。諸葛瑾勸孫權別跟隨袁紹，暫且順意曹操，找機會再對付他，孫權採取了這些建議。

曹操知道孫策已死，本想立即進

軍南下,但身邊的侍御史勸他不能**乘人之危**,反而應該善待孫權。曹操便奏封孫權為討虜將軍,兼會稽太守;張紘為會稽都尉。其實,規勸曹操的正是張紘,他本是孫策派去出使許都的,卻被曹操留下來當侍御史,但他常常託病不參政務。現在張紘當了會稽都尉,終於可以返回江東,與張昭一起打理江東政事,成為孫權得力助手。孫權高興地說:「張公回來,是江東一大幸事!」張紘又推薦了曾任曲阿縣長的顧雍,孫權任命顧雍為會稽郡丞相,代理太守。顧雍寡言少語,辦事嚴厲,老實厚道,以德服

人，管理東吳內政十九年。

孫權為了廣納賢能增強實力，在吳會開設賓館，命令顧雍、張紘招納接待各方賓客。幾年內經賢士相互推薦，陸續有多位能人和良將前來投靠，文武共佐，江東呈現**人才濟濟**的一片興盛景象。

雖然，孫權剛繼承父兄事業時，有很多人都不看好他，但是他性格豁達，善於用人舉賢，在各方面均表現出他的才能；加上現在有父兄班底的老臣大將支持，又覓得新臣大賢協助，**如虎添翼**。

孫權終於由懦弱變得自信，統治

地位漸漸鞏固，為日後發展作好了扎實的準備。

　　孫權接班後處理的第一件大事，是鎮壓了李術的叛變。孫策死後，廬江郡太守李術不服孫權，收納了江東一些叛亂的人，企圖擴大自己的勢力。他違抗孫權的命令，不肯交出這些叛亂的人，孫權便舉兵打皖城。

　　李術閉關自守，城中逐漸斷糧。最終，孫家軍攻下皖城，殺了李術，收編了他的三萬部下，化解了危機。

　　這期間，還發生了一件事，體現了孫權對弟弟的愛護有嘉。建安七年（公元202年），孫權突然收到曹操假天子名義的詔書，要他推薦孫家子弟去京城任官，暗示孫權要對曹操表達忠心。孫家子弟名義上在朝廷當官，實際是當個人質，即「質子」。

　　但是孫權沒有兒子，那就是說他必須把自己最年幼的弟弟、烏程侯的繼承人孫匡送去，他和母親吳夫人是萬萬不願意的。孫權**愛護手足**，實

在捨不得把弟弟作為政治籌碼送到朝廷上。周瑜也不贊成送質子，他指出東吳地大物博，兵多糧足，何必送質子，以後受制於曹操？

周瑜的一番話更堅定了孫權拒送質子的決心。事後，曹操也沒有追究，質子危機就這樣化解了。

三征黃祖

向西發展，打敗黃祖、劉表，佔領荊州，這是魯肅早就為孫權定下的戰略；而且為父親報仇，是孫策未能完成的事，也一直是孫權的心結。在孫權接班後，經過三年努力，內部已

經安定，外部時機也已成熟，孫權就立即採取了行動。

公元203年十月，孫權發動了**第一次西征黃祖**的戰役。他集中了江東的精銳部隊西進到宮亭、柴桑一帶，周瑜早就以中郎將、江夏郡太守的身分率領部分主力進駐在宮亭，柴桑也有徐盛將軍駐守，這次又有太史慈、程普、黃蓋、呂蒙等大將出戰，名將雲集，兵強馬壯，孫權**志在必得**。

戰役的初期進展順利，孫家大軍進入江夏郡，沿江向西挺進，大破黃祖的水軍，抵達沙羨。若是這個重鎮被孫權攻破，荊州就沒有了西部防

太史慈

線，所以黃祖父子死守，沙羨一戰打得非常激烈，久久未分勝負。但是南部的山越部落趁孫權把主力西征的時機，在各郡同時鬧事，範圍很廣，**氣勢洶洶**，孫權只得從沙羨撤軍，派各員大將分赴各郡，全面展開平定山越的戰鬥。這場大規模的平亂持續到公元206年才基本結束。

平亂戰役消耗了大量兵力，孫權就派周瑜繞過沙羨，去攻打長江邊上的麻屯、保屯兩個營壘，**速戰速決**，殺了那裏的地方武裝首領，俘虜了一萬多人補充兵力。

孫權經過休整後**再接再厲**，於公

元207年，發動了**第二次西征黃祖**的戰鬥。

有一名年輕時當過土匪的猛將甘寧，曾投靠劉表、黃祖，但都沒得到重用，甚至他救過黃祖一命，但黃祖還認為他是盜匪出身，看不起他。於是，甘寧帶了幾百人投奔孫權。孫權很重視他，特別召見他，要聽聽他對荊州問題的看法。

甘寧認為曹操一定會向西發展，東吳不應落在後面。劉表沒有遠慮，兒子也不成器；黃祖已年老體衰，處事昏聵，內部混亂，民心不穩，現在是擊敗他的好時機。不過，在座的張

昭不同意出征，認為目前東吳還不是很穩定，大規模出戰，內部會生亂。

孫權最後拍板定下出征，他說：「甘將軍來自巴蜀，對那裏的情況以及劉表、黃祖的品性都**了然於胸**，他說的都是實情，是他觀察得出的結論，我贊同他的看法。」

孫權帶着上次西征的部將人馬發動了**第二次針對黃祖的江夏之戰**，但是這次出征時間不長，因為中途吳夫人病危，孫權急忙撤軍返回，但是還未能趕及見到母親最後一面。

吳夫人臨終前召見了張昭等人，交代了身後事，囑咐他們好好協助孫

權。母親的去世對孫權打擊很大，因為母親給予了他很大支持和協助，她常常憑藉自己的威望和聲譽調解東吳內部矛盾，對付孫權面臨的挑戰和挑釁，幫孫權渡過難關。任何事情只要吳夫人一表態，別人就不會再有異議。但是今後，孫權就只能靠自己，獨立面對和解決問題了。孫權把母親葬在曲阿縣，與父親孫策同一墓地。

公元208年春天，孫權**第三次西征黃祖**。

那時，曹操遠征烏桓成功，統一了北方。孫權知道，曹操下一步就是南下征服劉表和他自己了，所以他要

儘快壯大自己的力量。打敗黃祖，就能為江東建立一道抵禦曹操的防線，而黃祖也知道這是他與孫權之間的決戰，激烈抵抗。

東吳軍隊沿着長江勇猛西進，連續攻克幾城，打到了沔口，那是漢水進入長江之處，再上不到百里就是荊州重鎮沙羡。黃祖在這裏要千方百計阻擋孫家軍。沔口的江面上橫泊了兩艘大船，阻塞了這條水路。船上駐守着千多名弓箭手，**嚴陣以待**。

孫家軍的前鋒是二百人的敢死隊，他們身穿鎧甲、手持大刀，坐船來到黃祖軍的大船前，冒着**密如雨下**

的箭攻，用大刀砍斷了固定大船的繩
纜，大船搖擺不定，在水面上打轉，
讓出了水道，孫家軍乘機衝開防線，
突破了沔口。

　　孫家軍的其他幾路部隊水陸並
進，也**連連告捷**，孫權親領人馬來到

沔口城下，想親自殺了黃祖。沔口城很快被攻破，黃祖父子棄城逃跑，途中被孫家軍騎兵追到，砍下了頭顱。

孫權仰天長歎：「仇人已被梟首，父兄安息吧！」

攻佔沔口後，孫權西進了數百里，打開了荊州西面門戶，沔口以下長江的各個要塞都在孫權手中了，他在江東的地位更加鞏固。

第四章
生子當如孫仲謀

赤壁之戰

孫權實力大增，這讓曹操很吃驚，他覺得應該舉兵南下了。

建安十三年（公元208年）七月，曹操親自率領主力部隊南下征討劉表。劉表病逝，次子劉琮繼位後就投降了曹操。投靠劉表的劉備駐防在樊城，曹操到達荊州的門戶新野，劉備不是曹操的對手，率眾撤出樊城，向南退走，想去佔領水軍基地江陵。

曹操親自率領五千騎兵急行軍去

追劉備，在長坂坡激戰，劉備被打得**落花流水**，只得改向東去和江夏的劉琦會合。

在這緊急關頭，劉備的軍師諸葛亮建議去向孫權求救。

正好那時曹操向孫權發了戰書，聲稱要率領八十萬大軍來進攻東吳。孫權身邊的將領們懾於曹操的淫威和實力，都主張投降。魯肅卻認為應該聯合劉備共同抵抗曹操，他先試探孫權，看看他怎麼想。

魯肅對孫權說：「曹操消滅了袁紹，現在大敗劉備，**風頭正盛**，看來他會大勝。我們不如也去幫曹操，不

然就危險了。」

　　孫權聽後大怒，氣得舉刀要殺魯肅：「我怎能背叛朝廷去幫這個叛君篡權的國賊？這樣**傷天害理**的事我不會做的！」

　　魯肅知道了孫權的真實想法，笑道：「當然不能！相反，我們應該幫劉備去對付他。」魯肅向孫權分析形勢，指出不能小看劉備，他雖投靠劉表，但有潛力，與曹操也有矛盾。強敵曹操在前，東吳要與劉備結盟合作，日後才可成就大業。

　　孫權同意魯肅的分析，派他去荊州弔唁劉表並聯絡劉備，雙方在當陽會面，**一拍即合**。之後，劉備派諸葛亮跟魯肅去東吳。

　　孫權雖然傾向於對抗曹操，但是主戰派的將領為數很少，辯不過大多數主張投降的文官，他們羣情激昂，給孫

權的壓力很大，使他很猶豫。諸葛亮一見到孫權就說：「現在天下大亂，曹操已經平定北方，這次佔領荊州，**威震四海**。將軍若是能聯合吳越之眾與曹操抗衡，就要早下決心；若是不能，不如脫下盔甲歸順於他吧！」

孫權並不了解諸葛亮，沒聽出他這是用了激將法，所以聽得很不舒服，反問道：「既然如此，那麼劉豫州（劉備）怎麼不去投降曹操？」

諸葛亮很認真地回答道：「劉豫州是皇室之後，眾人仰慕。他一心鋤奸平亂捍衛漢室，若是成不了事，只能

99

說是天命如此，怎能投降敵人？」

孫權被激起了怒氣：「我東吳有江東沃土、十萬民眾，怎能受制於人？不是只有劉豫州能抵擋曹操，他若失敗，還有我呢！」

諸葛亮很高興見到孫權已立定戰意，就進一步分析雙方力量對比：劉備手中還有萬餘人，江夏劉琦那裏也有近萬人馬。而曹操所謂的八十萬大軍是**誇大其詞**，北方騎兵大約十五六萬，經過幾次大戰已消耗不少；何況來到江南**水土不服**，影響戰鬥力；新投降的荊州水兵只有七八萬，士氣並不高。周瑜同意諸葛亮的分析，說只

要給自己五萬精兵，他可克敵制勝。

孫權被說得心動了，說：「兩位所說，正合我意。我與曹操**勢不兩立**！」他拔出佩刀，啪的一聲舉刀砍下桌面一角，堅定地說：「我們江東正式向曹操宣戰。如果再有人提議投降，他的下場就如同這桌子一樣！」

　　孫權任命周瑜、程普擔任部隊的左右督，率領黃蓋、呂蒙、甘寧等三萬人馬去樊口與劉備大軍會合。他對周瑜說：「五萬人很難馬上湊齊，你們先出發，我會在後方繼續徵集兵力和軍用物資，隨後補上。」他又說：「你不用擔心。打得贏就打，打不贏就撤回來，我會親自領軍與曹操決戰。」這讓周瑜很感動。

　　幸而，曹操的水軍染上瘟疫，士氣下降，所以當江東水師到樊口後，與曹軍初次接觸就佔上風。曹軍退到長江北岸的烏林整頓，孫家軍則在長江南岸據守，兩軍對峙。

　　周瑜趁曹軍主力尚未從北方戰場開赴江東支援的時機，採取速戰速決的戰術；加上諸葛亮運用**草船借箭**一計，獲得曹軍十多萬枝箭；孫權的老將黃蓋使用**苦肉計**騙得曹操信任，諸葛亮算準風向，借來東風，助黃蓋帶領戰船直駛向曹操以鐵鏈相連的水軍船隊，進行了一場**驚心動魄**的火攻，孫劉聯軍取得赤壁之戰大勝。曹操損失了一半人馬，灰溜溜地撤回江陵。

三分荊州

　　此後，孫權採取了兩條戰線同時出擊的戰略──一方面由孫劉聯軍

追擊曹軍直到江陵，讓曹軍得不到喘息的機會；另一方面，孫權親自率領十萬人馬攻打要地合肥，開闢東線戰場，同時也可逼迫曹操撤出江陵。

曹操不想失去江陵和襄陽這兩個重鎮，就留下曹仁守江陵、夏侯惇守襄陽、張遼守合肥，自己返回許都。

江陵之戰打得很激烈，周瑜在親自督戰時被曹軍射中右肋，傷勢很重，孫權知道後十分憂心。周瑜帶傷堅持領戰，曹仁苦苦堅持了一年多後，曹操命令他撤到襄陽。周瑜帶軍迅速攻下江陵及其以東長江沿岸的許多軍事要地，奪得了南郡。

　　劉備趁周瑜與曹操在江陵激戰時，佔領了荊州南部四郡——長沙、桂陽、零陵和武陵。孫權苦於**分身無術**，對此**無可奈何**。

　　另一方面，合肥之戰並不順利。孫權率領主力攻打合肥城，命令張昭帶一支部隊進攻九江郡的當塗，擺出在東線全面進攻的架勢。合肥城的刺史生前曾經整修加固城牆，並且在城頭貯備了大量大石塊和木頭，所以孫家軍攻城受到頑強抵抗，企圖爬上城牆的孫家軍士兵都被從上面扔下來的木石打退，攻了一百多天都毫無進展。另一方面，張昭也沒有攻下當

塗，為此孫權很鬱悶。

此時，曹軍放出假情報，說有四萬援軍正在趕來。孫權急了，命令部隊集合，說：「他們的援軍一到，這仗就更難打了。我要親自去**衝鋒陷陣**，把合肥硬攻下來！」他穿上盔甲就要出征，長史張紘拉住他，苦苦

仲謀，別去！

相勸道：「上陣殺敵是偏將軍要做的事，不應是主帥做的。目前此城一時難以攻下，還是先回去從長計議吧，以後還是有機會的。」

於是，孫權下令燒毀攻城用的營帳和工具，從合肥撤軍，沒有回原來的吳縣，而是把大本營遷到了地勢險要、交通便利的京口。

孫權任命周瑜為南郡太守，駐守江陵；程普為江夏郡太守，駐守沙羨；呂範為彭澤郡太守，駐守柴桑。這樣，長江沿線約兩千里的地區都落在了孫權手中。曹操仍佔據着荊州北部的襄陽、樊城等要地和整個南陽郡。

　　劉備幫孫權從曹操手中奪得了南郡，為了安撫劉備，孫權就把南郡長江以南的地區分給劉備管轄。那裏面積不大，大部分是**荒無人煙**的山區。劉備不滿意這樣的安排，他把大本營設在公安，之後親自到京口與孫權談判，要孫權把南郡長江以北的地區借給他，使他能有一個真正的立足點。

　　孫權就此事與部將們商量。周瑜堅決反對，認為劉備是不平凡之輩，若是答應了他，劉備、關羽及張飛三人**如魚得水**，終究不是**池中之物**，他甚至建議乘機扣下劉備。但是魯肅反對，他始終主張聯合劉備對抗曹

操，建議把南郡的江北地區分一部分給劉備，多一個盟友，給曹操多樹一個敵人，才是上策。

孫權同意魯肅的看法，就把自己佔領的南郡讓出一半給了劉備，劉備應允在他平定涼州後就歸還，這就是「**借荊州**」之說。於是，荊州基本上形成了三家鼎立的局面。

屢挫曹操

曹操回到許都後，兩年內平定了西涼。公元212年，他又帶兵去攻打孫權，一雪赤壁之恥。

曹操給孫權寫了一封**軟硬兼施**的信，威脅說自己在建造戰船、訓練水軍，長江東西戰線很長，總有一處能攻克；要孫權對外殺了劉備，對內殺了張昭（以斷其得力助手），就可給他治理江南的大權。孫權可不是一嚇就能嚇倒的，對這樣**氣焰囂張**的威嚇當然**置之不理**，於是曹操於十月率領四十萬大軍南下。

孫權已根據張昭的建議，在形勢

險要的秣陵建造了一座石頭城，改名建業，把東吳大本營遷移到這裏。面對曹操**氣勢洶洶**的挑釁，孫權動員將領們積極備戰。這次，猛將呂蒙立了一個大功。

呂蒙出身貧窮，少年時就跟着孫策，作戰勇猛，在赤壁和江陵的戰鬥中更是屢建戰功，被孫權任命為偏將軍。但是他文化水平低，被人看不起。孫權勸他：「你現在身居要職，是個重要人物了，你要多多學習提高自己的文化素質啊！」還為他開出必讀書單。呂蒙意識到孫權是要他分擔治國治軍的重任，便也認真起來，辦

了一所學館，請了名人學者任教。他刻苦讀書，向學者討教，果然進步很快，**脫胎換骨**，成為很有學識和見解獨特的武將，連魯肅都誇他「**士別三日，當刮目相看**」。

　　這次，呂蒙提出了一個大膽的提議——在濡須口建塢屯兵。濡須口在江北，是濡須河進入長江的入江口，也是曹操與東吳接壤的地方，因此曹操要攻打東吳，這是一個必經的重要關口。呂蒙的計劃是在濡須河打造一道月牙形的塢，塢上建造堅固的營寨，儲存軍糧物資，一方面可以抵擋曹兵，另一方面東吳士兵在水戰中也有落腳點。

　　眾將領還沒看懂這個計劃，孫權就拍板說：「好，就這樣辦！」

　　第二年正月，曹軍抵達濡須口，濡須塢像一道閘門擋住了戰船。曹軍

若是想硬闖，塢上營寨裏的孫家軍就射出密密麻麻的箭雨把曹軍全數擊退。孫權還命令敢死隊夜襲曹營，殺死了近百名士兵，他更幾次親自坐船帶兵駛向曹營挑戰，惹得曹兵連連射箭抗敵，獲得了大批箭，成功「草船借箭」。

曹操耗費了幾個月的時間，沒找到任何機會突破濡須口。到了春天，陰雨連日，河水上漲，曹軍更是**狼狽不堪**，而孫家軍士兵卻悠閒地在塢上營寨**好整以暇**。望着孫家軍排列整齊的船隊、**巍然不動**的塢寨，曹操歎道：「**生子當如孫仲謀……**」表示

若要生兒子，就要生像孫權那樣的。

曹操不得不灰溜溜地撤兵返回。濡須口成了孫權安插在江北的一根釘子，曹操前後兩次發兵濡須想通過這裏，但都**一事無成**，後來人們就把這個地方改名為「無為」。

曹操撤退時，派了廬江太守朱光駐紮在皖城，耕田種稻，準備軍糧。若是這一大片稻米豐收，將會使曹軍**兵強馬壯**。六月間，孫權看準稻米成熟待收割的時機，對皖城發動攻擊。

這次孫權採取閃電戰術，不修築工事，不製造攻城武器，以大將甘寧為首的攻城先鋒隊在清晨進行偷襲，用繩

索攀爬城牆而上；接着呂蒙帶領精兵從**四面八方**猛攻，速戰速決，幾個時辰就佔領了皖城，俘虜數萬名曹兵。

得到了皖城，孫權基本上控制了長江以北、合肥以南的地區。曹操簡直氣瘋了，立刻要去復仇，想奪回皖城。他不聽眾將領勸阻，七月便出兵，但是孫權**嚴陣以待**，曹操打了三個月毫無結果，只好撤兵回到許昌，改變主意去奪漢中。

重創劉備

對東吳**忠心耿耿**的周瑜看出劉備有意要奪取漢中的益州，就向駐紮在

京口的孫權**主動請纓**——要求孫權派他和奮威將軍孫瑜一起攻取益州，然後吞併漢中，留下孫瑜鎮守益州，他就去佔領襄陽抗衡曹操，掌控中原。這是為孫權制定了逐步奪取天下的一個絕妙計劃。

孫權一向很敬重和信任大哥昔日的這位好友，在對外的很多事務上都依賴他，傾聽他的意見。這個計劃對孫權來說**正中下懷**，他大為讚賞，對周瑜說：「這個想法正合我意，但這是個長久計劃，要逐步進行。你先回江陵準備一下。」

然而，回途路上，周瑜久勞積

疾，加上箭傷復發，在途中病逝。

　　噩耗傳來，孫權悲痛不已，哀歎
道：「公瑾有**王佐之才**，他**英年早
逝**，我還能依賴誰啊！」下令準備素
服，他要哀悼周瑜。十九年後當孫權
稱帝時，他說：「不是周公瑾，我不
能稱帝。」

周瑜臨終時，寫了一封遺書給孫權，推薦魯肅接替他鎮守江陵。孫權就拜魯肅為奮武校尉，統領周瑜的四個邑縣及四千士兵，負責東吳的荊州事務。魯肅屯駐在江陵下游的陸口，發展人馬到一萬人，升為偏將軍。

魯肅繼續執行與劉備保持友好關係的策略，加上早前還促成了孫權把妹妹孫尚香嫁給劉備，進一步鞏固了同盟關係。

劉備借到荊州後，逐步發展。他留下關羽與魯肅對峙守江陵，自己領兵去攻打益州，取得了**安身之地**。劉備並不歸還荊州，關羽還不時在邊界

挑釁。孫權非常惱怒，寫信問魯肅：
「怎能容忍關羽如此猖狂，要怎麼對
付他啊？」魯肅回答說先不要理他，
等江東有了帝王，自會把關羽趕走。

但是，孫權**忍無可忍**，派諸葛
瑾去成都向劉備討還荊州，劉備推說
要等平定涼州後才歸還。孫權大呼：
「這個傢伙太狡猾了，我上了他的
當，真後悔借了地給他！」一怒之
下，他委任了荊州南部長沙、零陵、
桂陽的太守前往三郡上任，但都被關
羽趕回來。孫權派猛將呂蒙率領兩萬
大軍去攻打三郡，同時命令魯肅帶一
萬多人馬駐守巴丘，防備關羽進攻。

這時曹操打敗了張魯，取得漢中，威脅到益州。劉備無力同時對付孫權和曹操，就向孫權妥協——雙方以湘水為界分割荊州，長沙、江夏和桂陽劃入孫權範圍，劉備保留零陵、南郡和武陵。

※　　　※　　　※　　　※

公元217年，魯肅因病去世，享年四十六歲。孫權任命呂蒙為都督，統領軍事行動，東吳的外交策略也大為改變。

一方面因為劉備得到了益州，實力大增，對東吳造成了威脅；劉備又不肯歸還荊州，惹怒了孫權；鎮守荊

州的關羽更曾**出言不遜**，拒絕孫關兩家聯姻，侮辱孫權兒子是「犬子」，說「虎女怎能嫁給犬子！」另一方面，經過濡須口等戰役，孫權發現曹操也不是那麼厲害，即使不與劉備合作，東吳還是可以對付曹操。

於是，孫權與呂蒙精心設計了一個計劃來奪取荊州對付劉備。孫權故意任命年輕的陸遜為右都督，取代大將呂蒙，假稱呂蒙治病回到建業。**心高氣盛**的關羽果然中計，沒把陸遜這個小伙子當一回事，放心地把荊州的主力部隊都調去攻打曹仁的樊城。

當關羽忙着進攻樊城時，呂蒙

突然病癒，回到陸口，布置「白衣渡江」——把戰船打扮成商船，士兵穿上白衣假扮成商人。他們沿江一路騙過了關羽設立的關卡，順利到達南郡，不費一兵一卒拿下了關羽的大本營。關羽回不去了，一步步敗向麥城，父子倆一同被擒，最後被孫權下令推出去斬首。

　　劉備得知二弟關羽遇害，發誓要起兵伐東吳，為關羽報仇。

公元221年七月，劉備親自帶兵十多萬沿長江而下，攻克了東吳五六百里地區，佔據了長江上游。孫權力排眾議，任命陸遜為都督，率領五萬人迎戰。

兩軍在夷陵對峙半年，劉備錯在把軍營安紮在山林中，陸遜用火攻把劉備軍隊打得**全軍覆沒**，劉備敗走白帝城。

從此劉備勢力退出荊州，偏安於巴蜀。雖然孫劉聯盟破裂，但是孫權的力量已足以與劉備和曹操對抗，至於曹操一時無力突破長江天險南下。**三國鼎立**的局面基本奠定。

第五章
建吳國三國鼎立

稱帝建吳

曹操認為孫權把劉備趕出荊州有功，上表獻帝，拜孫權為驃騎將軍，兼任荊州牧，封南昌侯。

孫權接受任命，派人帶貢品去許都進貢，同時給曹操一封信，信中勸曹操當皇帝，表示自己願意效忠。這是孫權的策略，因為他知道在荊州失利的劉備必定再來復仇，所以要把曹操拉過來幫自己。

曹操把孫權的信給大臣們看，

說：「這小子想把我放在火上烤呀，我沒有說要稱帝！」

公元220年，曹操病逝，兒子曹丕逼走獻帝，建立魏國，自稱魏文帝，年號為黃初，東漢終於滅亡。孫權派使者稱臣，向曹丕表示擁護和效忠。

第二年八月，曹丕封孫權為吳王，授予調兵的金虎符和左竹使符，孫權從此有了合法的用兵權。曹丕把孫權升為大將軍，並讓他繼續擔任交州刺史和荊州牧。曹丕如此厚待孫權，是希望他真心**俯首稱臣**，使到魏國可與東吳聯手對付劉備。同時曹丕要孫權把長子孫登送去當質子，孫權

沒有理會。

公元221年四月，劉備也稱帝了，國號漢，史稱「蜀漢」，與漢朝作區別。

孫權的將領臣相紛紛勸他也稱帝，但是孫權沒有答應，說：「漢室湮沒，我不能前去搭救，怎能忍心去相爭呢？」

公元223年四月，劉備病逝在白帝城。孫權派人去弔喪，他知道曹丕會隨時翻臉，所以對蜀漢還是要採取靈活的策略，保留日後聯手抗魏的後路。

這時，孫權又一次拒絕派送質子，使曹丕大為憤怒。曹丕的大臣認

為這是對曹魏朝廷的侮辱，便聯名上奏，歷數孫權的十多條罪狀，要求討伐東吳。

曹丕對孫權也失去了信心，於黃初三年（公元222年）九月，調集三路大軍，親自出征向孫權發起進攻。孫權和陸遜指揮三路大軍迎擊。

論實力，曹魏強於孫吳，但這次戰役的結果卻**出人意料**。三條戰線中孫吳一敗兩勝，曹丕還損失了兩名大將曹仁和張遼。

曹魏的威脅雖然暫時解除，但孫權意識到與曹魏這樣的強手不可能有真正的聯盟，對方只是要你服從、送

質子。想對抗曹魏，必須聯合蜀漢；蜀漢方面，諸葛亮也有此想法，所以兩家回復了友好往來。

之後孫吳曾經幾次對付曹魏的進攻，諸葛亮也帶領蜀漢進行數次北伐，雙方都配合彼此的軍事行動，牽制曹魏，使曹軍伐吳次次**無功而返**。

公元228年，孫權親自領軍到皖城，與曹軍在石亭決戰，曹軍大敗。為了獎賞**戰功顯赫**的陸遜，孫權把自己的車蓋送給他，還解下自己的金環腰帶親自給他戴上。

從此孫吳徹底鞏固了長江防線，文武百官要求孫權稱帝的呼聲又起。

公元229年，四十八歲的孫權終於在武昌稱帝，定國號為吳，年號為黃龍，遷都建業。

繼位之爭

　　孫權建立的吳國，與曹魏、蜀漢並存，三國時代開始。

　　蜀漢派特使前來祝賀，孫權與特使**歃血為盟**，恢復孫劉同盟，發誓同心協力討伐魏賊，一方有難，另一方有義務出兵相助；消滅曹魏後就平分天下，豫州、青州、徐州和幽州屬吳，兗州、冀州、并州和涼州歸蜀。

　　孫權立十三歲的長子孫登為皇太

子，精心培育他，為他選擇老師和一些才能出眾的弟子陪讀，其中有諸葛瑾的兒子諸葛恪、張昭的兒子張休，還有顧雍的兒子顧譚等，太子府**人才濟濟**，他們日後都成為吳國的重臣。

孫登本是理想的皇位繼承人，可惜他於三十三歲時就病逝了，孫權便立三子孫和為太子，同樣配備了優秀的團隊教育他。但是，孫權還立了四子孫霸為魯王，卻沒讓他去封地，而是留在都城，這造成了孫吳朝廷的致命傷。太子孫和、魯王孫霸各自招募賓客、集結黨羽，文臣武將也分為兩派，互相攻擊詆毀，掀起了吳國政壇

的大震盪。

這場爭鬥持續了八年，孫權終於不得不出手表態。為了平衡各派，他廢了太子孫和，賜死魯王孫霸，另立幼子孫亮為繼承人，組織了一個含有各派人物的五人團隊輔助這位八歲的幼主。

但是宮廷內鬥並未停息，連年血腥爭鬥耗盡了吳國的人力物力。此時的吳國失去了當年征服江東的英豪之氣，已是**日薄西山**、**奄奄一息**，不僅談不上北伐曹魏，甚至當盟國蜀漢面臨被司馬懿之子司馬昭消滅之時，也無力去救援。

公元252年五月，七十歲的孫權病逝，在位二十三年，是一位長壽的君主。之後的幾代當政者皆是用人不當，缺乏進取心，最後的吳王孫皓更是一名暴君，吳國最終在公元280年宣告滅亡。自孫堅起兵討伐黃巾至此九十七年，孫策渡江東征至此八十六年，孫權武昌稱帝至此五十二年，是三國中壽命最長的一國。

孫權繼承了父兄開創的基業，他運籌帷幄，不僅用了父兄的江北舊部將以穩定局面，又用懷柔策略團結了江東名門豪族。他廣泛招納人才，用人不拘輩分、出身、資歷，培養部

下，知人善用，自己豁達開朗，君臣關係親密，以致能獲得一個強而有力的團隊支持。他英勇奮戰，**身先士卒**，打下江東，創建吳國。

定都建業後他**勵精圖強**，沒有為自己修建宮殿，而是開鑿了運河發展經濟，使建業成為一流的商業城市；推行軍屯和民屯，興修水利，開墾農田；建立造船工業，多次派船隊航行到南海諸國，擴展海外事業。臨終前還下令減少徵稅、免除勞役、修改不合理的法令，為民着想。

孫權是出色的政治家、戰略家，是三國時代一位出眾的英雄人物。

下冊預告

下一位出場的人物是誰?

他是個虎背熊腰的大漢,卻寫得一手好字。

他性格剛烈直率,重情重義。

他曾在長坂坡上一夫當關,手執一丈八尺的蛇鋼矛嚇退曹軍。

他是誰?

欲知下冊人物故事,
且看《三國風雲人物傳11》!

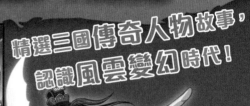

三國風雲人物傳 10

少年霸主孫權

作　　者：宋詒瑞
插　　圖：HAND SOLO
責任編輯：陳奕祺
美術設計：徐嘉裕
出　　版：新雅文化事業有限公司
　　　　　香港英皇道 499 號北角工業大廈 18 樓
　　　　　電話：(852) 2138 7998
　　　　　傳真：(852) 2597 4003
　　　　　網址：http://www.sunya.com.hk
　　　　　電郵：marketing@sunya.com.hk
發　　行：香港聯合書刊物流有限公司
　　　　　香港荃灣德士古道 220-248 號荃灣工業中心 16 樓
　　　　　電話：(852) 2150 2100
　　　　　傳真：(852) 2407 3062
　　　　　電郵：info@suplogistics.com.hk
印　　刷：中華商務彩色印刷有限公司
　　　　　香港新界大埔汀麗路 36 號
版　　次：二〇二三年十一月初版

ISBN: 978-962-08-8287-6